Eric LAMIE

KATCHIMEN

Téat la ri

© 2018, Éric Lamie
Editeur : BoD – Books on Demand
12/14 rond-point des Champs Elysées, 75008 Paris
Impression: BoD – Books on Demand, Allemagne

ISBN : 978-2-322-11822-9
Dépôt légal : avril 2018

SOMMAIRE

Une seule phrase pourrait résumer la parution de cet ouvrage. Elle vient d'une citation de l'écrivain allemand Heinrich Böll qui disait en substance :

La littérature d'un pays, lorsqu'elle est vue non pas avec partialité, mais dans la diversité, donne la meilleure information sur les peuples, les pays, leurs mœurs, leur histoire, leurs coutumes, leurs caractères (Belfond 1992). Or, ce qui se dégage dans la structuration de la société guadeloupéenne, c'est cette forme d'exclusion pour ne pas dire un certain ostracisme provenant pour une bonne part du monde extérieur.

L'écrivain, en l'occurrence, se retrouve englouti dans ses propres œuvres institutionnalisées par un comportement qui existe depuis des lustres. On peut se demander à juste titre si la conférence tenue par des intellectuels guadeloupéens en 1959 a eu des échos au sein de notre population. En d'autres termes, s'il existe des exemples significatifs pour démontrer que, sur le plan pédagogique, tous ceux qui ont eu le courage de prendre leur plume se retrouvent dans les oubliettes de l'Histoire. Citons entre autres Paul Niger, Guy Tirolien, ou plus récemment Sonny Rupaire qui présentait dans l'ouvrage **« Cet igname brisée qui est ma terre natale »**. Que l'on ne s'y méprenne pas ! Cette culture ancestrale ne voudrait pas être cloisonnée. Elle appartient, comme toute forme de civilisation, à une originalité distincte. Puisse cette présente œuvre trouver les ramifications pour se faire connaître.

L'auteur

PROLOGUE

Après des années passées en dehors de son pays, un homme d'origine guadeloupéenne regagne sa terre natale. Ce dernier, au cours d'une visite au sein du village fait la rencontre d'anciens amis. Au fur et à mesure de ses échanges, Davilé (le questionneur dans la pièce) subira de multiples réprimandes de ses compatriotes.

D'une scène à l'autre, il découvre les contradictions de tout son être, par rapport à l'ambiance qui règne habituellement dans le village. Le plus souvent il apprenait des choses dont il ignorait complètement l'existence, par exemple sur l'antériorité de l'histoire de la Guadeloupe. Davilé prendra le nom du questionneur à cause de sa soif légitimement comprise sur ses véritables origines.

Les personnages de la pièce seront donc les suivants :

- Davilé : le questionneur
- Robert : le pousseur de brouette
- Hermandine : sœur Bénédictine
- Jérémi : diplômé de l'université de Yale
- Pierrotin : maco du village
- Fernand : conducteur de bus
- Les voisins : Wenceslas, Ti Fonce, Barthélémy, Eloïse, etc.

ACTE I

Le questionneur, **Davilé** : « Et dites-moi, rappelez-moi vos noms et ce que vous faites dans la vie. Toi par exemple ».

Robert : Je suis pousseur de brouette.

Hermandine : Sœur Bénédictine du couvent des Dames.

Ensuite, dit Davilé,

Jérémi : Je suis diplômé de l'université de Yale et je suis, présentement, sans activités.

Pierrotin : Moi, dit ce dernier, je suis « Maco » du village, l'homme qui dégaine plus vite que son ombre.

Enfin, **Fernand** : Chauffeur de bus.

Davilé : Ce qui m'inquiète le plus dans ce bref échange, c'est de loin la situation de Jérémi. Tu te disais diplômé de Yale et sans activités.

Jérémi : C'est exactement cela.

Davilé : Tu t'imagines que pratiquement tous les Présidents des Etats-Unis sont issus de cette prestigieuse école. Permets-moi de te citer le premier d'entre eux : Abraham Lincoln, celui qui émancipa les esclaves en 1863 et se rendit célèbre par le discours qu'il prononça contre l'expansion de l'esclavage. Mais il y eut aussi les présidents Adams, Washington, Thomas Jefferson, McKinley, Coolidge, Wilson et un peu plus tard Kennedy, Johnson, qui l'est devenu après l'assassinat de ce dernier à Dallas. Enfin, sans doute l'un de ceux qui a marqué de son empreinte la vie Américaine, fut Jimmy Carter pour avoir été l'instigateur des accords de Camps David.

Jérémi : Je constate que tu as une excellente connaissance de la vie américaine mais est-ce bien suffisant pour résoudre mon problème ?

Davilé : Pourquoi es-tu dans la rue avec ces petites gens : Pierrotin, Robert et Fernand ?

Jérémi : Ce sont des amis d'enfance.

Pierrotin : Qu'est-ce qu'il cherche en vain celui-là ?

Robert : Il a l'air d'avoir l'esprit développé mais semble renier ce qu'il était avant de quitter le pays.

Hermandine : Laissez-le s'exprimer, ce n'est pas sa faute !

Robert : Et toi ma sœur, rentre dans ton couvent.

Davilé : Ce n'est pas méchamment que je vous ai demandé vos noms et professions.

Pierrotin : Et toi, précisément, que fais-tu ?

Davilé : Moi, je suis retraité des combattants de l'Afrique du Nord.

Robert : Combien de médailles et de distinctions as-tu obtenu ?

Davilé : Oh ! Disons, presque rien, sinon des titres honorifiques. En général, lorsque l'on fait partie des tirailleurs, on ne nous considère ni plus, ni moins, comme de la chair à canon.

Jérémi : Pourquoi avais-tu quitté la Guadeloupe ?

Pierrotin : Est-ce à dire que si tu faisais partie des combattants, tu aurais pu t'octroyer quelques grades ?

Davilé : Les places étaient chères et il y avait beaucoup de paramètres qui rentraient en compte. Pour tout dire, un homme des colonies, même si cela lui arrive de côtoyer les « chefs », n'arrivait jamais à accéder à une certaine hiérarchie. Il était clair, qu'en général, ces hommes venus d'Afrique ou des Antilles étaient automatiquement considérés comme de la chair à canon.

Pierrotin : Moi, tu vois, je n'ai jamais eu ce problème-là. Je suis toujours resté dans le village, je n'ai jamais eu à me plaindre de rien et, étant ma situation personnelle, j'ai été exempté de tout.

Davilé : Tu as quand même une fonction au sein de ce village, dit-il à Pierrotin.

Pierrotin : Les mauvaises langues disent que je suis un « Maco », c'est-à-dire quelqu'un qui sait tout dans le moindre recoin de son village, autrement dit, je veille sur autrui.

Davilé : C'est bien pour cette raison que je ne comprends pas que Jérémi, qui est sorti de Yale, puisse se rabaisser devant de tels individus.

Jérémi : Hé ! Pas si vite, tu as l'air de t'emballer trop vite dans tes idioties. Ces gens-là, n'est-ce pas mes camarades d'enfance !

Davilé : Oui, mais quand on s'imagine un peu que les Etats-Unis d'Amérique, l'un des plus grands pays du monde, l'un des pays qui dispose d'une science développée à tous les niveaux, peut permettre qu'un individu de son rang puisse d'un coup se retrouver au bas de l'échelle.

Jérémi : Où est le problème ?

Fernand : Il est raciste celui-là !

Robert : Je dirais plutôt qu'il est bête.

Hermandine : Essayer de vous comprendre voyons.

ACTE II

Jérémi : Moi, le diplômé de Yale, qui ai pris naissance aux abords des champs de cannes, je préfère me mettre à la disposition de mon pays, mon village, que de singer dans les rues de Paris.

Davilé : Si c'est à moi que tu lances cette pierre, je te dirai que tu te trompes. Je n'ai jamais usé mes chaussures sur les trottoirs de Paris.

Fernand : Où les as-tu usées ?

A Marseille, dans la casbah, à la porte Dijeaux à Bordeaux, non loin du quai des Chartrons ou à Nantes. De toute façon, célèbres à cause du caractère négrier de leur port.

Jérémi : Ce sont mes connaissances livresques qui me font avancer de tels propos. Bordeaux a pillé l'économie tropicale et en effet, on ne pourra jamais chiffrer la dette qu'elle a contractée au détriment de notre PIB.

Davilé : Je vois que tu commences à entrer dans de grandes théories dignes de Yale mais j'ignore ces choses-là.

Robert : Que faisais-tu à Bordeaux ?

Davilé : Après mon rapatriement de l'Afrique du Nord, je me suis retrouvé sur les docks mais je n'ai jamais entendu dire qu'anciennement cette ville, en tout cas son port, se livrait à la traite des nègres ou encore faisait du commerce d'esclaves.

Jérémi : Eh bien, je suis en mesure de te dire que, non seulement, des vaisseaux chargés de sucre, d'indigo et des denrées diverses à travers le XVIIème siècle, débarquaient dans son port, mais plus encore il fallait ajouter à cela, un commerce d'esclaves. Il n'y a qu'à vérifier une lettre d'Arthur

Young, conservateur anglais, qui visitait Bordeaux en 1787 et qui disait ceci : **« Malgré tout ce que j'avais vu et entendu sur cette ville, son commerce, les richesses et les magnificences tout cela surpassa mon attente.**

On ne peut pas mettre Liverpool en parallèle avec Bordeaux. La manière de vivre qu'adoptèrent ici les négociants était luxuriante. Leurs maisons et leurs établissements d'un genre dispendieux. Ils donnèrent de grands repas, plusieurs fois, en vaisselle plate. »

Par ailleurs, Arthur Young disait que la fortune du port Garonnais était si étroitement unie à la prospérité des Antilles, qu'elle sombra brusquement avec elles les dix dernières années du XVIIIème siècle. Depuis cette époque, Bordeaux n'a jamais connu les beaux jours ou, comme je le disais si joliment dans mes textes « des essaims de vaisseaux s'évaluaient dans les îles fortunées. »

ACTE III

Vers la fin du crépuscule Octavien revenant des champs.

Octavien : Notre voyageur semble ignorer que cette vérité, que vient de décrire Jérémi, était bel et bien une situation de fait dans la Gironde.

Pierrotin : On dirait quelqu'un qui était caserné dans cette ville.

Davilé : Bien sûr, il est toujours nécessaire de se souvenir d'un lieu où l'on passe mais mes connaissances historiques de Bordeaux, je le reconnais, sont nulles.

Pierrotin : C'est vrai !

Jérémi : Je crois, par contre, que ses connaissances des questions américaines sont plus limpides.

Robert : Mais ce n'est pas un Américain !

Pierrotin : Ne sois pas bête ! Tout le monde sait que c'est un guadeloupéen, seulement, peut-être qu'il a plus fouillé par là-bas.

Jérémi : C'est exact, personne n'a eu l'idée un instant d'évoquer les Etats-Unis, il faut avoir le cerveau très développé pour évoquer ces choses.

Davilé : En réalité, je ne vous ai donné que la partie visible de l'iceberg mais mes connaissances des questions américaines sont immenses.

Octavien : Tu ne crois pas que tu sois passé à côté de ton cri !

Fernand : Il a une personnalité double : d'un côté, il est à Oklahoma et de l'autre, il est à Mare-Gaillard.

Jérémi : C'est la théorie des tangentes alors !

Davilé : Si vous voulez que je débatte avec vous des Etats-Unis, je peux le faire de manière didactique.

Robert : Qu'est-ce qu'il a à vouloir nous gaver de la civilisation américaine ?

Pierrotin : Ouai !

Jérémi : Laissez-le s'exprimer ! Moi j'ai vécu là-bas, je peux le contredire.

Davilé : Vous avez l'air de me mettre à la fête ! Que savez-vous de l'histoire du jazz et de ses origines ? A partir de quels phénomènes socio-économiques les premiers chanteurs de blues apparurent ? A partir des champs de coton d'Alabama durant les constructions des premiers chemins de fer par exemple ?

Octavien : J'ai entendu parler de cela, ils disaient à l'époque que les esclaves trouvèrent dans ces complaintes des forces pour continuer à travailler.

Davilé : Ma connaissance des Etats-Unis est grande vous dis-je ! Nous allons parler de Satchmo, Bessie Smith, Duke Ellington, alors je vous écoute.

Jérémi : Tout le monde sait que Duke Ellington a été reçu à la Maison Blanche par Richard Nixon, je venais d'arriver aux Etats-Unis.

Octavien : Il me semble avoir entendu parler de Ellington, c'était, me semble-t-il, un grand chef d'orchestre si je ne m'abuse. On a commencé à jouer très tôt ses enregistrements en Guadeloupe.

Davilé : Cela me rappelle de grandes interprétations de Duke : « Prelude to a kiss » et « Take the A train ».

Robert : Il avait raison, ses connaissances sont grandes.

Jérémi : C'est un minimum que l'on peut savoir si l'on s'intéresse à ce sujet.

Davilé : Je n'ai pas terminé : tandis que les musiciens occupés à l'écart de la 52ème rue les écrivains, comme Richard White, Langston Hughes, Countee Cullen faisaient leur apparition dans l'imaginaire des Noirs Américain. Les nègres, voyez-vous, n'ont pas créés grand-chose, comme le disait Aimé Césaire, mais le minimum qu'ils ont créé retentit de nos jours sur toutes les places du monde.

Octavien : Les nègres ont créé ! Comment faisaient-ils pour enlever les cannes des champs s'il n'y avait pas, à la base, l'existence de « kabwèt » ? Il ne faut pas dire n'importe quoi !

Fernand : Je t'ai dit tout à l'heure que c'était un « tanbou a dé bonda » : d'un côté, il parle d'une chose et de l'autre, il se contredit.

Pierrotin : Moi, je propose qu'on remette les pieds sur terre.

Jérémi : Tout à fait.

Octavien, l'air pensif : Voyez-vous mes chers, à mon tour de vous dire que ma connaissance de la Guadeloupe est immense.

Jérémi : Je n'en doute pas !

Pierrotin : Moi non plus,

Robert : Attends que je m'assoie,

Davilé, contemplant avec rectitude l'assistance,

Octavien : Bien, nous pouvons y aller.

Davilé : Mais si, c'était des nègres marrons.

Octavien : Bien plus que cela mon cher !

Pierrotin : J'ai bonne impression que l'on s'achemine vers un débat contradictoire.

Octavien : En 1802, il y eu un soulèvement d'esclaves au lieu-dit : « Matouba », on pouvait aussi les appeler nègres marrons. Pourquoi ? Eh bien parce que ces hommes étaient exploités par des colons européens. Ces derniers les faisaient vivre dans des conditions de misère inacceptable alors qu'ils étaient sur la terre de Guadeloupe.

Davilé : Qui t'a raconté cela ?

Octavien : Tu vois qu'il est nécessaire d'apprendre l'histoire de son pays avant de connaître celle des autres.

Jérémi : Ce n'est pas le paysan Octavien qui se devrait de te le dire. Tu as tellement voyagé.

Davilé : Pourquoi les nègres se sont-ils soulevés ?

Octavien : Si tu as l'amabilité de m'écouter tu feras d'énormes progrès. Bien, le gouvernement de Napoléon Bonaparte avec son représentant ici le dénommé Richepanse avait pour mission de maintenir l'ordre dans les colonies dans le sens où les esclaves vivaient comme de véritables bêtes humaines et ne bénéficiaient, en retour, du moindre soin de la part de leurs maîtres.

Davilé : Qui était responsable d'eux ?

Octavien : Attends, cela vient. Les esclaves étaient parqués à l'intérieur de la propriété du maître. Ainsi, chacun de ses propriétaires disposait de son lot d'esclaves pour la rentabilité du domaine, notamment dans la confection d'indigo et denrées diverses.

Fernand : La partie est belle.

Jérémi : Taisez-vous

Octavien : Subitement un jour en 1802 l'ensemble des esclaves déclenchèrent des révoltes sur les propriétés des maîtres. Ils étaient disait-on au nombre de 300. On appelait cela la révolte anti-esclavagiste. Parmi les plus célèbres d'entre eux, on pouvait distinguer Ignace, Delgrès, Massoto et Solitude. Ainsi disais-je, une révolte de grande envergure eut lieu le 28 mai 1802 et c'est cela la terrible histoire, écoutez-moi bien, ces trois cents hommes et femmes, au lieu de se rendre aux troupes de Richepance, se donnèrent la mort au lieu de Matouba.

Davilé : Ah, triste fin.

Jérémi : Ce n'est pas triste en soi. Toi qui connais un peu comme moi les Etats-Unis et la France. La Fayette a dû faire autant pour obtenir que le territoire d'Amérique soit libre. La situation de La Fayette, mais plus vraisemblablement encore la révolution de 1789 en France.

Davilé : Et la révolution d'Octobre en Russie !

Jérémi : C'est exactement cela. Tes facultés intellectuelles commencent vraiment à se voir plus largement.

Octavien : Mais si nous examinons notre planète dans la vie des peuples, on peut affirmer qu'il y eut partout, à des moments donnés selon la gravité des cas, des révolutions.

Fernand : Moi, j'en connais une qui fit grand bruit, pas trop loin de chez nous.

Davilé : Laquelle ?

Octavien : Tu ne connais pas la révolution cubaine menée par Fidel Castro ?

Jérémi : Et l'attaque de la caserne de la Moncada ?

Pierrotin : N'est-ce pas ce chabin qui fumait les gros cigares ?

Jérémi : Nous sommes dans un monde où il existe plusieurs types de situations, plusieurs interférences, plusieurs luttes de combats pour la dignité des peuples.

Davilé : Nous n'avons même pas parlé de l'Afrique.

Octavien : Ah ! l'Afrique, terre de nos ancêtres, terre martyrisée comme disait De Gaulle.

Jérémi : Pourtant, ce continent avait en son sein des éminences. Durant les années où j'étais à l'université de Yale, j'ai entendu parler d'un grand Africain qui avait un projet pour l'Afrique. Ce dernier était même boursier d'une université américaine : le docteur Kwame Nkrumah. Mais l'Afrique possédait des intelligences comme feu Amilcar Cabral, Patrice Lumumba et un Antillais qui marqua de par sa pensée le monde, surtout dans le domaine de la psychiatrie et de sa philosophie politique : Frantz Fanon.

Davilé : Là encore, je n'ai jamais entendu parler de ces gens-là. Je me rends compte que tout cet univers auquel je faisais mention au début de notre conversation, n'était que la limite de ce que ma cervelle pouvait supporter.

… Rire dans l'assistance …

ACTE IV

La nuit est terminée au village et chacun tente de regagner sa maison ; tandis que s'approche soudainement Wenceslas. Ces derniers se dirigeaient vers le bar du coin pour prendre le verre de l'amitié. Autour des membres déjà cités sont également présents : Ti fonce, Barthélémy et Mathias.

Wenceslas : Vous parlez d'ambiance autour des champs de cannes et des usines. Moi, je faisais tourner les turbines ; sans moi, rien ne fonctionnait.

Ti fonce : C'est faux, tu gardais les bœufs des blancs, tu n'étais qu'un simple débardeur.

… Nouveau rire dans l'assistance…

Octavien : Peut-être qu'il n'avait pas tort d'avancer ces propos, mais, en tout état de cause, l'usine pouvait parfaitement fonctionner.

Ti fonce : C'est un blagueur.

Davilé : De vos histoires d'usines, je n'en connais pas la moindre chose.

Jérémi : Normal, tu étais sur les docks de Bordeaux.

Fernand : Peut-être qu'il a vu les fûts de rhum s'amonceler là-bas.

Davilé : D'ailleurs, selon moi, il n'y a plus lieu de parler d'usines. Les champs de cannes qui faisaient votre fierté ont tous disparu.

Robert : Ecoutez le raisonnement de l'Américain, du tirailleur, du repêché des ports négriers.

Hermandine : Je vous demande encore une fois d'atténuer vos propos

Jérémi : Que défends-tu comme propos ma sœur ?

Hermandine : Moi, je suis comme vous d'origine Guadeloupéenne. Mes parents ont travaillé dans les champs de cannes. Il n'y a par conséquent pour moi, rien d'étranger à ce que vous racontez.

Davilé : Autrement dit, elle est convaincue comme moi que la canne a encore de beaux jours devant elle.

Octavien : Toi, ce n'est pas pareil. Tu n'es qu'étranger à ce que l'on raconte.

Jérémi : C'est essentiellement là que se situent ses plus profondes contradictions. Il peut aisément parler de McKinley, Adams, Lyndon Johnson, Kennedy, etc. sans pouvoir dire le nombre d'unités sucrières que comptait la Guadeloupe dans son histoire.

Octavien : Et en plus, il prend cela avec un air de dédain.

Pierrotin : Il n'est pas clair votre Américain.

Octavien : Moi, je pense qu'en étant un ancien de ce village, que tous ces éléments pouvaient être fondamentalement bons pour le devenir du pays. Il suffit de doser le petit pourcentage de ce que quelqu'un possède en lui.

Jérémi : J'ai toujours raisonné dans ce sens-là depuis le début, j'ai essayé de comprendre celui qui prétendait être un Américain.

Robert : Au début, il critiquait de manière incisive, même Jérémi, ce diplômé de Yale. Il voulait qu'il s'éloigne de nous.

Octavien : Pourquoi ?

Pierrotin : Ce dernier disait que nous étions au bas de l'échelle.

Octavien : Prenons garde, nous sommes sur le même bateau. Vous ignorez totalement l'histoire de la Guadeloupe et cela se reflète dans vos différents comportements, excepté, bien entendu, Jérémi. Il nous faudrait maintenant resituer le débat.

ACTE V

Octavien : Maintenant que chacun d'entre nous regagne sa maison, le cœur net il est nécessaire que nous fassions le point.

Davilé : Nous avons tout compris.

Hermandine : Tu n'as absolument rien compris !

… *Rires* …

Jérémi : Très bien ma sœur.

Pierrotin : Cet Américain a quand même du culot, vous ne trouvez pas ?

Octavien : Maintenant disais-je, nous devons nous poser une première question : qu'est-ce que la Guadeloupe ? D'où vient-elle et où va-t-elle ?

Hermandine : C'est une terre française.

Jérémi : Ce n'est pas exactement cela ma sœur. Il te faut revoir tes dossiers.

Davilé : A l'époque, lorsque nous partions pour l'Indochine, ce pays était une colonie.

Jérémi : Il y a des choses dont tu te souviens alors !

Davilé : Cela, au moins, oui, parce que nous partions en tant que tirailleurs venant de colonies.

Pierrotin : Il n'est pas clair votre Américain, il mélange tout.

Jérémi : Ce que dit Octavien est valable aussi pour les Etats-Unis. Je dirais même qu'au regard de l'histoire, il y a des similitudes entre notre propre histoire et celle de l'arrivée des noirs Américains.

Octavien : Autrement c'était la traite et la situation post-esclavagiste de ces terres qui ont évolué à la même cadence que l'administration des grands pays coloniaux. Ah ouai ! Cette conversation me fascine. Est-ce que tu comprends cela Jérémi ?

Davilé : Il y a quelque chose qui m'échappe : d'où pouvaient-ils provenir selon toi ?

Jérémi : Tu avais bien l'air de connaître l'histoire des Etats-Unis. Qu'as-tu fait de l'origine des nègres ?

Pierrotin : Peut-être pensait-il qu'ils étaient là par l'opération du Saint-Esprit.

Octavien : Dis donc toi, respecte la présence de sœur Hermandine !

Hermandine : Bon, je m'en vais. La conversation ne m'intéresse plus.

Robert, se dressant sur les épaules de Fernand et à voix basse murmure : Il est très documenté Octavien. Disons qu'il est cultivé réplique Fernand.

Octavien : En 1946, la Guadeloupe est devenue un département français à contre cœur, il me semble puisque les dégâts que cela a occasionnés, et nous cause encore, sont inestimables.

Davilé : A quel point de vue ?

Octavien : Disons le temps que tu parcourais les Etats-Unis, ou que tu étais comme de la chair à canon.

Hermandine : Vous exagérez !

Jérémi : Comme l'a dit Octavien, ma sœur, ce ne sont que des explications faites sur l'histoire.

Hermandine : Soyez moins virulent dans vos propos.

Octavien : Si vous avez fini votre intermède, je continue. Alors, en 1946, les hommes politiques de l'époque ont cru bon de nous transformer en département français. Comment diable voulez-vous transformer un nègre en blanc et inversement ?

ACTE VI

Hermandine : Cela me suffit ... Allez !

Octavien : On peut continuer ?

Jérémi : C'est fabuleux ; C'est un véritable cours d'histoire. Maintenant comment le pays était-il réellement en 1946 ?

Octavien : La Guadeloupe pouvait s'auto-suffire parfaitement grâce à son économie. Cela n'était pas comme à 'heure actuelle, avec une situation déséquilibrée et un produit intérieur brut presque nul. Autrement dit, en pleine période de récolte, alors que toutes les usines tournaient, on pouvait atteindre un quota de 750 000 tonnes en 1950, contre 375000 de nos jours. On voit bien que la différence est énorme.

Davilé : Je mesure évidement, les grandes disparités que cela occasionne.

Pierrotin : Regardez mon ami Robert et moi-même ce que nous faisons, rien de très sérieux : Pousseur de brouette et « Maco » du village.

Octavien : C'est l'un des aspects de notre drame actuel. Mais, ce qui est plus grave, c'est de voir un homme de terrain renier ses propres origines.

Jérémi : Je parierais qu'il s'agit de Davilé.

Davilé : Nous avons pris l'initiative de remettre les cartes sur table. Faisons-le avec dignité !

Octavien : Alors ! Je disais que, plus les terres de la Guadeloupe étaient fertiles, plus le monde extérieur les contraignait en mettant du béton là-dessus et laminant, du coup, l'industrie sucrière. Souvenons-nous de Beauport, Sainte Marthe, Courcelles etc. ...Que nous rapporte en réalité le vote de la loi Assimilation de 1946. Essayez de répondre à cette question avant d'aller vous coucher.

Davilé : Je m'incline devant les réflexions que tu viens d'émettre.

Pierrotin, succombant à un profond sommeil, Fernand, le regard dans le vide, n'ayant pas terminé son verre et Jérémi, ressassant les années passées à l'université de Yale.

ACTE VII

Et la nuit, qui ne tardera pas à venir, s'approche à pas pesants, Eloïse, venue, faire des provisions pour sa case.

Octavien : Tiens ! Voilà Eloïse. Encore une qui a vu du temps. Nous avons vécu ensemble les mêmes évènements sur cette terre.

Eloïse : De quoi parlez-vous ?

Jérémi : De tout ce qui fait le pays.

Octavien : Plus exactement, on parlait de la canne qui était en perdition. Faites attention tous, on appelle Eloïse, dans le coin, la passionaria, à l'image de la grande espagnole, aujourd'hui disparue. *

Davilé : Qu'est-ce une passionaria ?

Jérémi : A mon sens, cela signifie quelqu'une qui est passionnée par son pays. C'est pourquoi on t'a parlé de la grande et célèbre Espagnole.

Eloïse : De quoi parliez-vous jusqu'à présent ?

Octavien : Nous avons passé au peigne fin toute la logique de notre existence. Nous sommes remontés depuis l'époque d'Ignace jusqu'à nos jours.

Eloïse : Ah ! Mai 67 ! *dit-elle, se penchant sur sa canne pour obtenir plus d'appui.* Vous ne devez pas passer sur cela.

Davilé : Je ne connais pas cette période.

Fernand : C'est vrai, tu étais tirailleur Sénégalais en Indochine.

Jérémi : Mois, j'étais trop jeune.

Pierrotin : Moi, par contre, j'étais en plein dedans.

Octavien : Ce jour-là, j'étais allé en ville m'acheter un pantalon.

Eloïse : Mé 67
   Des feux claquent
   Feux… Feux
   Exsangues
   Dans la rougeur du midi
   Feux écarlates
   A même la fertilité du sol
   Insondables feux de silex inemployés
   Par la force de ton âge *(Là je pense à Jacques Nestor, froidement abattu par les forces de l'ordre du commissaire Canalès)*
   Feux criards
   Froidement asséchés
   Sur ces places somnolentes
   De peur de civilités vraies
   Aussi tremblants
   Que la rapidité de leurs mains*
   Dérangea cet instant impromptu
   Où l'homme naissant
   Cria : Mai 67.

Voyez-vous mes enfants, songé mé 67. Véritable choc de cultures et de civilisations.

Octavien : Je vous ai prévenus qu'elle prendrait le relais.

Davilé : Il y eut des drames bouleversants dans ce pays.

Fernand : Je t'avais bien dit que ce n'était que la partie visible de l'iceberg.

… Rires …

Eloïse : Les rues de Pointe-à-Pitre étaient méconnaissables. Les sirènes des gendarmes sifflaient de manière démesurée.

Octavien : Des jeunes ont été ramassés et jetés en prison à la rue Lethière et à la rue de la Santé à Paris.

Eloïse : Selon vous, quelle était l'origine de cette fusillade ? Tenez-vous bien, ce fut une grève dans le bâtiment et cela dégénéra à ce point.

Davilé : Qui avait tort ?

Jérémi : Je t'en prie, il ne faut pas poser cette question sous cet angle-là.

Eloïse : Il faut poser toutes sortes de questions, c'est la réalité, situation intensément vécue.

Jérémi : A l'instar de la révolution bolchévique en Russie ou de la révolution de 1789 en France. Peut-on dire que c'est à peu près la même chose ?

Octavien : Plus exactement, Mai 1967 fut une révolution manquée tandis que les deux précédentes, que tu viens de citer, ont été réelles.

Pierrotin : Disons que les forces en présence étaient disproportionnées. Mais l'on faillit y passer.

Octavien : Nous avons entendu parler de mai 1802, tandis que cette fois-ci, nous étions confrontés à des évènements nouveaux.

Eloïse : Il y eut aussi, certains de nos compatriotes qui n'avaient rien compris de la réalité de ces différents évènements. Si bien qu'on pouvait les ranger dans la catégorie des Pélage, c'est-à-dire ces temps anciens où l'on vit sur cette terre des nègres, collaboré avec les forces de l'occupation. Pélage se trouvait en particulier dans une situation sociale quasi sécurisante et du coup on rangeait ses idées plus en direction de ses maîtres que de ses propres compatriotes. En 1967, cette situation est apparue moins visiblement mais il y eut, en tout cas, des formes de délation.

ACTE VIII

Eloïse : Vous les nègres, vous n'avez rien, strictement rien, inventé. C'est le martiniquais Césaire qui l'a dit et il avait raison.

> Vous contemplez les Dieux blancs
> Leur façon de singer
> Leur façon de penser
> Vous n'avez même pas un Dieu qui vous appartient.

Que diable ! Moi, je suis une disciple de Césaire. J'admets que l'histoire d'être nègre doit être regardée avec le plus d'attention. Trop souvent, on a tenté de la gommer et c'est ce qui transparaît dans ce présent échange de vues. Mais que faites-vous donc de nos rapports conflictuels dans les champs de cannes ! C'est nous qui avons mis les plants dans cette terre, c'est nous qui rentabilisons cette activité productive, à partir de nos aïeux, mes camarades ouvriers, mes enfants et les générations suivantes.

Pierrotin : Du débat contradictoire, maintenant, nous sommes arrivés à la dialectique.

Davilé : Elle a vécu des choses cette dame !

Octavlen : Par ailleurs, les nègres ne connaissent même pas le revenu en dividende de cette production sucrière.

Jérémi : C'est grave !

Eloïse : Ne vous en faites pas ! L'histoire va s'emballer un jour. Ecoutez ce que dit l'ethnologue français Michel Leiris : « *A l'ethnologie, comme à l'histoire et à l'archéologie, établie de l'extérieur dans le cache du colonialisme, opposé à une archéologie « locale » afin de faire prendre au peuple conscience de ce qui lui appartient en propre et cette originalité* *lui étant découverte par les siens et non pas par les étrangers, le plus ou moins condescendants, le débarrasser de son éventuel complexe d'infériorité et de sa tendance à sous-estimer sa propre culture par rapport à celle qui lui vient du colonisateur et est devenue, plus ou moins, celle de la classe dominante. »*

Jérémi : Ce pourrait être, en effet, une bonne entrée en matière.

Eloïse : Oui Messieurs et Dames, Aimé Césaire et ses condisciples, vers les années 40 et 50, ont ouvert la voie pour la dignité de l'homme nègre. On leur doit, à juste titre, le mérite d'avoir lancé une littérature qui soit le reflet socio-économique de notre pays.

Octavien : Le souvenir que m'a laissé entrevoir l'œuvre de Césaire, se caractérise plus par la problématique que génère les terres antillaises et qui nous a orienté sur la question départementale.

Pierrotin : Et après que sommes-nous devenus ? Au fur et à mesure que les années passent, les usines et distilleries ont disparu. Je crois qu'il ne faut pas l'apologie de cette politique d'assimilation.

Eloïse : Oui mais nous avons acquis malgré tout des droits fondamentaux, par exemple : la sécurité sociale, la gratuité de l'école laïque etc.

Jérémi : On peut en effet s'en tenir à ces acquis, mais le problème dominant qui demeure c'est celui de l'activité économique du pays. Moi qui ai vécu aux Etats-Unis, ceci n'est guère comparable malgré une forte population inactive.

Pierrotin : La survie de notre économie s'est révélée capitale vers les années 70, car le patron usinier avait envisagé très sérieusement de supprimer la canne, pour la remplacer par des produits de l'import-export. Certains sont satisfaits de ce qu'a pu porter l'époque de l'assimilation, mais, à mon humble avis, on peut ranger cela au placard.

Eloïse : De ce schéma, je suis amenée à vous parler de Rosan Girard qui était d'accord avec certaines avancées pour la Guadeloupe et la Martinique, puisqu'au demeurant la misère était grandissante.

Jérémi : Maintenant, du point de vue de l'évolution de ces lois, visant les populations antillaises, sans risque de se tromper, on ne peut accorder aucun crédit à la réussite de l'assimilation. C'est un machin caduc.

ACTE IX

Le Questionneur

Davilé : Je vous ai écoutés avec attention. Je ne suis pas fervent de politique mais compte tenu de l'état dans lequel se trouve le pays, je me rapprocherai plus des propos de Pierrotin et de Jérémi que ceux d'Eloïse et d'Octavien.

Eloïse : Explique-toi !

Davilé : Depuis des dizaines de semaines que je suis installé au pays, j'ai déjà quand même mesuré avec un œil objectif, s'il vous plaît, il s'avère nécessaire d'observer ce qui est réel, ne nous berçons pas d'illusions, l'assimilation a échoué.

Jérémi : Eh bien, tu vois Davilé, je peux te dire que ton discours a nettement changé depuis le début de notre rencontre. C'est ce que l'on te demandait, d'être dans le vrai et non pas sombrer dans l'abstrait comme d'autre que je connais.

Eloïse : A qui dis-tu cela ?

Jérémi : Ce n'est pas forcément à toi que s'adressent ces propos, Eloïse, il y a aussi ceux qui nous ont représentés ou qui nous représentent encore.

Pierrotin : Par exemple, ces hommes en cravate qui ont prôné dans le temps l'assimilation. Ceux qui ont eu le courage de constater leurs propres échecs, ensuite ont disparu comme ces usines qu'ils n'ont jamais pu défendre. Surtout de grâce, ne me demandez pas de noms.

Eloïse : Je trouve que vous insistez beaucoup sur cet aspect des choses. Il est vrai qu'un pays ne fonctionne pas que simplement sur des lois caduques, il faut aussi des situations industrielles solides.

Jérémi : Mais tout à fait, je viens d'en faire mention avec les USA. Un jour si vous y allez, visitez le Maine, grande région de culture végétale.

Pierrotin : Restons en Guadeloupe car la Guadeloupe et peut-être que je me répète, est originellement formée par la canne. Ce sont les incidences de l'histoire qui ont amené la main-d'œuvre d'Afrique et d'Inde, mais, malgré tout, disons que cela est propre à l'histoire synthétique de la Guadeloupe.

Jérémi : Tu as raison Pierrotin, cette question de l'homme guadeloupéen a eu deux retentissements historiques dans l'espace et le temps : ce fut en 1802 et mai 1967. Cette dernière date a été saluée par de très grands intellectuels français : Jean-Paul Sartre, Michel Leiris, Daniel Mayer, Merleau-Ponty … qui, à travers le procès des Guadeloupéens déférés devant la cour de sûreté de l'état, a relevé le caractère antinomique de ce que nous étions, nous, hommes de couleur, par rapport à la race blanche. Ce n'est pas, du reste, une interprétation raciste, ni xénophobe, c'est, en quelque sorte, comme le dirait Eloïse, citant Aimé Césaire, l'approche didactique de la question nègre.

ACTE X

Alors que la nuit avance très sérieusement et que certains ont quitté les lieux et ce petit nombre étant devenu restreint dans les profondeurs du silence, ils débattirent encore dans le bar du village.

Jérémi : J'ai appris des choses de la part d'Eloïse, mais j'espère que j'ai pu lui porter aussi un certain nombre d'éclaircissements. N'est-ce pas vrai ?

Pierrotin : Moi personnellement, j'ai toujours vécu en Guadeloupe, je n'ai pas quitté ma terre natale, ni pour aller à Oklahoma, ni sur les docks de Bordeaux. J'ai par conséquent vu et compris tout ce qui y avait ici.

Eloïse : Moi je dis qu'il faut partir d'un point pour revenir à un autre point. Certaines satisfactions de mon existence découlent de la loi d'assimilation, présentée par Aimé Césaire au Palais Bourbon. Aujourd'hui allez savoir si chacun d'entre nous bénéficiera de cette chose, c'est une autre affaire.

Octavien : J'irai dans le même sens puisque j'ai vécu, comme Eloïse, ces situations-là.

Pierrotin : Est-ce que l'on peut dire que vous êtes des produits de l'assimilation ?

Eloïse : N'exagérons rien ! Je tiens hautement mon appartenance à notre race. Fais attention à ce que tu dis !

Octavien : Avec tous les éléments que j'ai apportés ici ce soir, je ne crois pas que j'ai essayé de tricher.

ACTE XI

Eloïse : Il faut le reconnaître, jusque-là vous avez dit des choses qui sont bonnes puisque c'est la réalité du pays.

Pierrotin : Et comment ?

Eloïse : Je maintiens l'idée en mémoire que c'est la construction de certains intellectuels nègres qui nous ont hissés par-delà le temps, dans un chenal dans lequel j'ai pu admirer Aimé Césaire.

Octavien : La voix de ce poète a retenti par-delà les océans, pour critiquer le rôle politique de l'Europe et, dont le discours sur le colonialisme, publié par ce dernier, fit sensation.

Pierrotin : Moi je ne vois pas les traces qu'il a laissées concrètement. Plus cela va, plus nous sommes hors-jeu dans ce fichu monde ! Il n'y a pas de statut politique, fut-il grand poète soit-il, pour inverser le sens de l'histoire.

Jérémi : Je ne suis pas de ton avis ! Césaire est l'un de ceux qui a le plus, durant une certaine période, critiqué la politique de l'Europe, de la France en particulier mais, malheureusement il s'est embourbé.

Octavien : C'est vrai ! Ce que tu viens d'émettre est tout à fait exact et rafraîchit quelque peu ma mémoire.

Jérémi : En somme, comme je le disais, il existe dans l'histoire plusieurs cas de figure.

Eloïse : Au-delà de ces analyses sommaires, il me semble devoir vous dire qu'il émergeait une certaine éthique, laquelle fait de nous une forme de civilisation. Comme le disait le martiniquais Edouard Glissant, il s'agit là de conscience collective.

Octavien : Je t'avais prévenu.

Davilé : Mais c'est une véritable bibliothèque, cette Eloïse !

Fernand : Il ne suffit pas de vivre à Oklahoma quelques années, pour connaître le sens exact de tout ce qui est ici.

Eloïse : Vous parliez, me semble-t-il de la canne à sucre, n'est-ce pas vrai ?

Octavien : Tout à fait Eloïse.

Eloïse : Demandez à Octavien les multiples démêlées qu'on a connu avec Barthélémy. Ce dernier faisait tressaillir les géreurs de plantations. Il les tenait en respect et lorsque les débrayages s'avéraient utiles, il donnait l'ordre de ne plus couper la canne, à plus forte raison de les attacher. Voyez-vous, maintenant il existe des luttes multiformes dans ce secteur. Les usines sont tombées en ruine. En conséquence de quoi, les luttes, sur ce point-là, ont été amoindries ou sinon, ont pris d'autres formes.

Octavien : Tu as raison. Ces dernières années, surtout dans cette région, on assiste à une réduction brutale de l'activité cannière. La plupart des usines ayant cessées leur activité, dans le peu de ceux qui restent, des foyers de résistance subsistent plus que jamais.

Davilé : Les blancs sont des malins.

Jérémi : Tu commences enfin à le comprendre.

Octavien : Notre voyageur d'Asie est très en retard.

Fernand : Ne dis pas cela, je t'en prie ! Tu vois qu'il fait un effort pour se rapprocher de ceux qui lui ressemble.

ACTE XII

Fernand : Tu vois Robert, Octavien est un paysan qui a beaucoup de savoir. Selon toi, cela est dû à quoi ?

Robert : J'ai constaté que ce monsieur pouvait vous parler de la période historique de 1802 à Matouba, aussi bien que des bassins canniers et plus encore, des évènements de mai 1967.

Fernand : C'est pourquoi on vous dit qu'il faut toujours vous inspirer de ces gens-là, puisqu'ils portent en eux les stigmates de leur société.

Jérémi : Tout à fait !

Robert : Mais tenez-vous bien, c'est la même chose qu'Eloïse, elle a pu bous rendre compte de grandes luttes sur les plantations de cannes.

Pierrotin : Par contre nous devons nous rendre compte de l'inculture de Davilé !

Jérémi : Ce n'est pas tout à fait sa faute. Il a cru devoir trouver à l'extérieur, une certaine joie de vivre …, mais à son retour au pays, il s'est trouvé en face d'une réalité qu'il a laissée.

Fernand : Est-ce à dire qu'il voulait, pendant un temps, renier sa culture ?

Jérémi : Je ne crois pas qu'on le veuille ou non, un jour, on revient toujours à son point de départ.

Robert : Mais toi Jérémi, tu aurais pu rester aux Etats-Unis et devenir un gentleman.

Pierrotin : Et pourquoi pas devenir le premier président nègre de ce grand pays.

Jérémi : Cette éventualité me semble exclue. Je me sens bien parmi vous. Allons ! Bon, rentrons. A notre prochaine rencontre. Il se fait tard.

FIN

Sainte-Anne de Guadeloupe, le 02 avril 1994

<u>Éric LAMIE</u>

Un grand merci à SEGARD EMILE COCO pour sa participation et son soutien permettant l'édition de ce texte.